WÜSTEN, BERGE, FJORDE

Landschaften und ihre bewegte Geschichte

Texte von Claire Lecœuvre – Illustrationen von Vincent Mahé

Verlagshaus Jacoby & Stuart

Inhalt

Überall auf der Erde hat die Natur wunderbare Landschaften geschaffen.

Landschaften verändern sich mit der Zeit, gemessen an der Dauer unseres Lebens sehr langsam. Sie entwickeln sich nicht zuletzt wegen der Aktivitäten im Erdinneren, vor allem dank der sogenannten Plattentektonik. Die Plattentektonik ist wie ein großes Puzzle aus Dutzenden großer Stücke, die jeweils wieder aus zahlreichen Einzelteilen zusammengesetzt sind. Alle diese Stücke bewegen sich unaufhörlich, mehr oder weniger in alle Richtungen, aber doch einer gewissen Logik folgend.
Manchmal entfernen sich Platten voneinander. Dadurch entsteht ein Riss. Wenn dies auf einem Kontinent geschieht, sprechen wir von einem Grabenbruch. In den Ozeanen handelt es sich weniger um einen Riss, sondern eher um eine Kette von unterseeischen Vulkanen, aus denen Magma strömt, das in dem Maße den Meeresboden bildet, wie die Platten auseinanderdriften. Eine solche Linie wird dann auch »ozeanischer Rücken« genannt.
Wenn umgekehrt zwei Platten sich aufeinander zu bewegen, kommt es zu heftigen Zusammenstößen, die zum Beispiel Erdbeben mit sich bringen. Die Teile unseres Puzzles reagieren aber unterschiedlich auf den Zusammenstoß. Manchmal schiebt sich eine Platte unter die andere. Dadurch entstehen zum Beispiel die Tiefseegräben. Im Extremfall verschwindet eine Platte zwischen zwei Kontinenten. Wenn die Platten mit großem Druck aufeinanderprallen, können sie Gebirge auftürmen. Aber das dauert ziemlich lange. Die Alpen etwa haben 60 Millionen Jahre gebraucht, also die Zeit, die uns von den Dinosauriern trennt, bis sie ihre heutige Höhe erreicht haben.

Noch ein weiteres Element verwandelt die Landschaften unentwegt: das Klima.

Seit der Entstehung der Erde hat das Klima sich immer wieder geändert, entsprechend der Entfernung unseres Planeten von der Sonne, der Entstehung der Kontinente oder der Verteilung des Wassers. Unter bestimmten Bedingungen bilden sich Eiskappen an den Polen. Je nach Temperatur und Zusammensetzung der Atmosphäre wachsen die Polkappen oder schmelzen ab. Wenn sie schmelzen, wird das als Eis gebundene Wasser frei und verteilt sich in den Meeren. Dadurch steigt der Wasserspiegel, und das Meer bedeckt große Teile des Landes. Dadurch wiederum ändern sich auch der Rhythmus und die Stärke der Regenfälle.
Wasser ist ein entscheidender Faktor bei der Entstehung von Landschaften. Es trägt Felsgestein ab und gräbt tiefe Schluchten, aber es erlaubt auch, dass Material angeschwemmt wird und neue Gesteinsschichten bildet. So kommt es, dass manche Felsen zum Teil aus Muschel- und Schneckenschalen und uralten Fossilien bestehen.
Zwanzig der bekanntesten Landschaften der Erde sind in diesem Buch versammelt. Sie erinnern an die bewegte Geschichte der Erde und ihre Entwicklung bis hin zu uns, den Menschen.

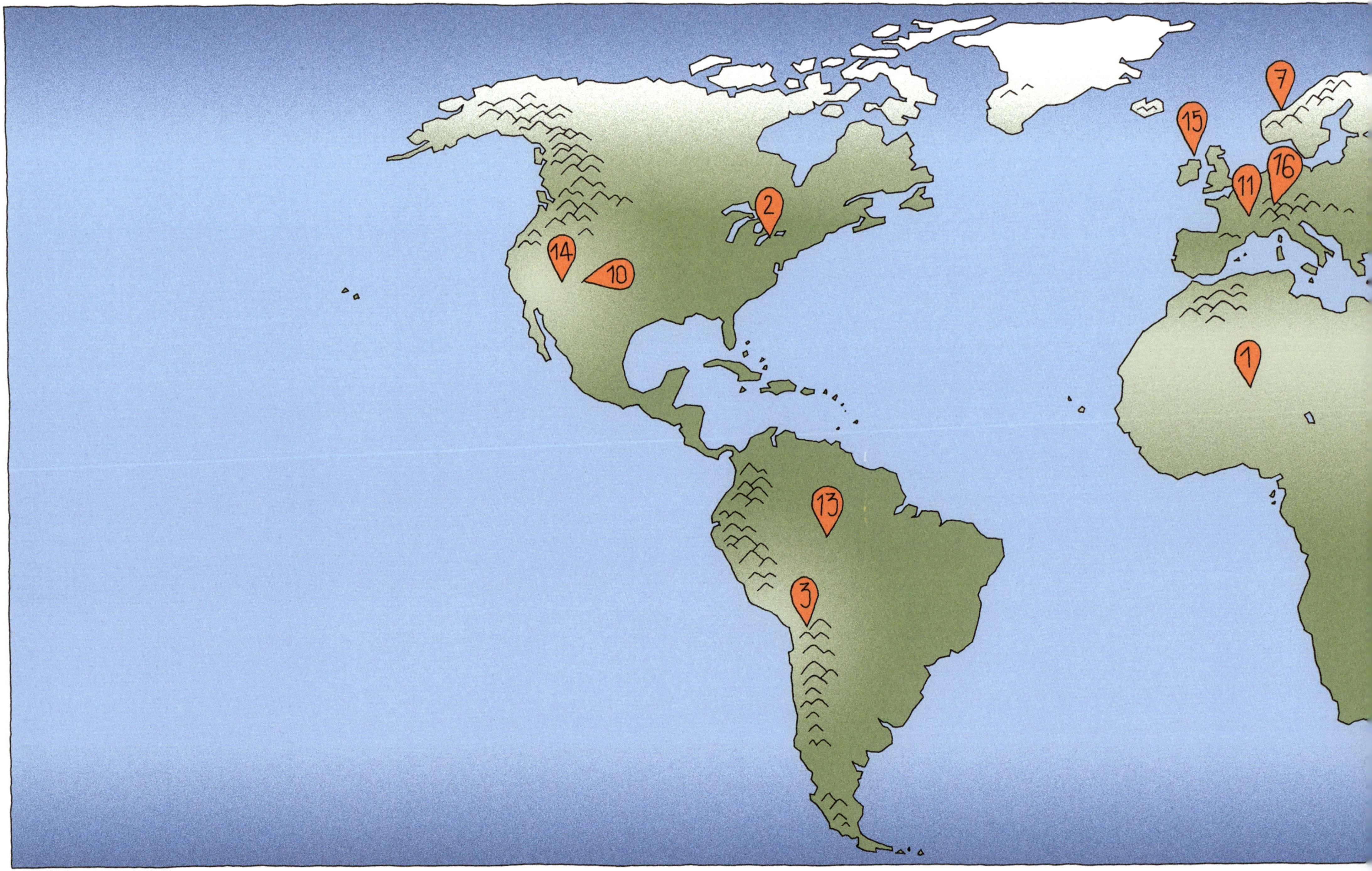
7
15
16
11
2
14
10
1
13
3

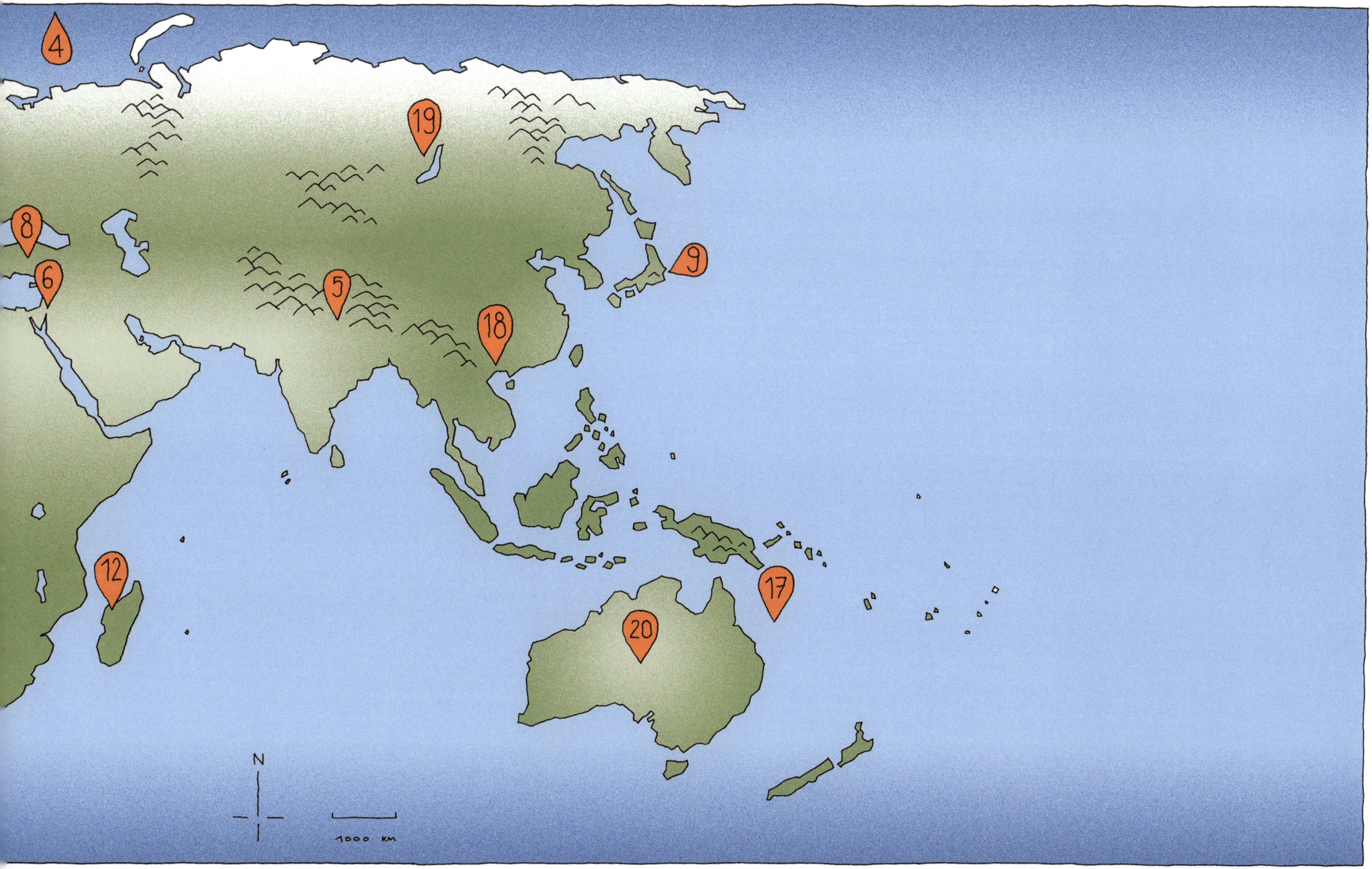
4
19
8
6
5
9
18
12
17
20
N
1000 KM

1. Sahara, Nordafrika

Hier war nicht immer Wüste!

Stellt euch Wiesen, Seen und viele Tiere vor, mitten in der Sahara. Unmöglich? Keineswegs! Die Sahara war nicht immer eine lebensfeindliche Wüste. Vor 9000 Jahren grasten hier Elefanten und Gazellen und tranken aus riesigen Seen, die von Bäumen und Büschen gesäumt waren. Der Tschadsee zum Beispiel war siebzehnmal größer als heute. Damals fielen hier 150 bis 300 mm Regen im Jahr. Alles dank eines Klimawandels, denn vor 9500 Jahren erlebte die Erde den Übergang von einer kalten Eiszeitperiode zu einer wärmeren Periode, einer Zwischeneiszeit. Es war etwa 2 °C wärmer als heute.
Diese Erwärmung veränderte in großem Maße die Verteilung des Regens. In der Nordpolarregion schmolzen die Gletscher bis auf ihre heutige Größe zusammen, und der Meeresspiegel stieg. In der Sahara begann es mehr zu regnen.

Menschen, Felsen, Krokodile

Überall in diesem feuchten Gebiet lebten damals Menschen. Sie fischten dieselben Fische, die es auch heute noch gibt: Nilbarsche und Welse. Sie jagten Krokodile und Gazellen, und sie haben Zeugnisse von diesen Tieren hinterlassen. Im Akkakus-Gebirge im Süden Libyens wie in Mali haben sie Darstellungen von Elefanten, Giraffen und Rindern in die Felswände geritzt. An manchen Orten haben Forscher Schuppen von Krokodilen und die Knochen von Schlangen, ja sogar von Nilpferden gefunden. Beweise dafür, dass sie vor 9000 Jahren hier gelebt haben.
Vor 4500 Jahren aber begannen die Regenfälle immer häufiger auszubleiben, und die Seen trockneten aus. Die Sahara wurde zu der Sand- und Felswüste, die sie heute ist, 5000 km lang und über 1000 km breit, mehr als dreißigmal so groß wie Deutschland. Heute regnet es hier so gut wie gar nicht. In trockenen Jahren fallen gerade einmal 5 mm Niederschlag, in feuchteren 110 mm. Dieses bisschen Wasser hat noch nicht einmal Zeit, im Sand zu versickern und das Grundwasser aufzufüllen; es verdampft auf der Stelle in der Hitze der Sonne. Alle Berge und Dünen, die Ebenen und selbst die Täler der Sahara sind zu trocken, als dass Pflanzen und Tiere dort das ganze Jahr über leben könnten.
Mit dem Klimawandel wanderten die Menschen fort, an die Küsten des Senegal im Westen und ins Niltal im Osten.

Schneckenhäuser mitten in der Sahara

Die Seen haben erstaunliche Spuren hinterlassen. Schneckenhäuser zu Tausenden! Sie liegen Schicht für Schicht zwischen Sand und Fels übereinander, in riesigen Mengen. Diese Lagerstätten sind die Ufer einstiger Seen. Es gibt sicherlich noch weitere Fundstätten zu entdecken, die weiteren Aufschluss über die Geschichte der Wüste geben werden. Die Sahara hat noch längst nicht alle ihre Geheimnisse preisgegeben.

Und noch etwas:

Als das Klima trockener wurde, trockneten die Seen aus, und das Wasser hinterließ an ihrem Boden in den sogenannten Sabchas dicke Schichten von Salz. Im 17. Jahrhundert begannen marokkanische Händler an diesen Orten zu graben und das Salz herauszuholen, um es zu verkaufen. In der Mine von Taoudenni in Mali schnitten die Grubenarbeiter – damals waren es Sklaven – ganze Platten von Salz heraus. Dromedare transportierten das Salz über 700 km in Salzkarawanen bis Timbuktu. Jedes Dromedar kann vier 30 kg schwere Salzplatten tragen. Während die Dromedare heute vermehrt durch Lastwagen ersetzt werden, hat sich an der schweren Handarbeit der Grubenarbeiter nicht viel geändert.

2. Niagarafälle, Kanada und USA

Aus einem Gletscher entstanden

Wegen der enormen Wassermengen, die hier in die Tiefe stürzen, sind die Niagarafälle zu den berühmtesten Wasserfällen der Welt geworden. Sie sind nicht die höchsten, aber die mächtigsten. Die Wassermassen sind die des Niagara-Flusses, des Abflusses aus der Region der Großen Seen. Dieses ganze Ensemble hat eine lange Geschichte.

Das ganze Gebiet wird von einer großen Bruchkante durchquert, der Niagara-Schichtstufe, die eine höhergelegene Gesteinsschicht von einer tieferen trennt. Das Gestein auf beiden Seiten der Stufe ist sehr alt, älter als das Zeitalter der Dinosaurier. Es hat große Veränderungen erfahren während der letzten Eiszeit, vor 80000 bis 10000 Jahren. In dieser Zeit bedeckte ein gewaltiger Gletscher Kanada und den Norden der USA: der Laurentidische Eisschild. In dem Eis dieser Zeit war soviel Wasser gespeichert, dass der Meeresspiegel 30 bis 40 Meter unter dem heutigen lag.

Der Eispanzer schmolz regelmäßig ab, um sich dann wieder auszudehnen. Wenn der Gletscher am größten war, waren die Seen an seinem Rand leer. Und wenn er schmolz, füllten sie sich wieder mit Wasser. Nicht von ungefähr befinden sich die Niagarafälle im Bereich der Seen, die sich entlang der Grenze zwischen Kanada und den USA ausdehnen: des Erie-, Ontario-, Huron- und Michigansees sowie des Oberen Sees. Sie bedecken eine Fläche von mehr als der Hälfte Deutschlands, und vor 12000 Jahren waren sie noch erheblich größer. Die Stadt Toronto hätte damals unter dem Wasserspiegel gelegen.

Zu der Zeit verband der Niagara-Fluss auch drei Seen. Wie heute strömte er aus dem Eriesee, um sich dann aber zu teilen: Der eine Arm stürzte an der Niagara-Schichtstufe direkt in den Ontariosee, während der andere einen heute verschwundene See, den Tonawandasee, erreichte, um sich dann kurz vor der Schichtstufe wieder mit dem anderen Arm zu vereinigen. An dieser Stelle hat sich das Wasser tief in den Fels eingeschnitten und so die Wasserfälle geformt. Doch diese waren nicht dieselben wie heute: Seit ihrer Entstehung vor 12300 Jahren sind sie ungefähr 11 km zurückgewichen. Dadurch ist die Schlucht hinter den Fällen entstanden, samt einem Strudel, der bei einer alten Flussmündung entstanden ist.

Es gibt drei Niagarafälle: den »Hufeisenfall«, den »amerikanischen« und den kleinen »Brautschleier-Fall«. Der Eriesee hat sich im Lauf der Zeit etwas verkleinert, doch er enthält noch immer mehrheitlich das alte Gletscherwasser. Amerikaner und Kanadier rühmen dieses für seine Reinheit.

Auch heute noch frisst sich das Wasser des Niagara-Flusses unablässig in den Fels. Eines Tages werden wieder ganz andere Fälle zu bewundern sein. Vielleicht auch nur ein einziger Fall, näher am Eriesee. Zur Zeit ziehen sich die Fälle allerdings weniger schnell zurück, weil der Fels dort, wo sie sich befinden, besonders hart ist.

VM.

3. Uyuni-Salzpfanne, Bolivien
Salz mitten im Gebirge

Mitten in den bolivianischen Anden dehnt sich eine riesige weiße Wüste aus. Weiß von Salz. Soweit das Auge reicht, auf einer Fläche von über 10 000 m^2, ist der Salar de Uyuni mit einer mehr als 5 m dicken Salzschicht bedeckt. Wie aber kommt dieses Salz hier in die Berge, auf 3600 m Höhe?

Uyuni ist ein ganz besonderer Ort. Das Wasser, das von den umgebenden Bergen hinabfließt, kann nirgendwo anders hin. Gewöhnlich münden Gebirgsbäche in Flüsse und endlich ins Meer, oder das Wasser versickert und bildet unterirdische Kavernen. Doch hier ist dies ausgeschlossen. Die Uyuni-Salzpfanne ist so etwas wie die Vertiefung in einem flachen Teller. Sie bildet den tiefsten Punkt der Hochebene, in deren Norden der Titicacasee liegt.

Alles Wasser sammelt sich also an dieser Stelle. Sogar das Wasser aus dem Titicacasee strömt hierhin, wenn der See überläuft. Der Boden besteht hier jedoch aus Ton, dem Material, aus dem Geschirr herstellt wird. Denn Ton ist wasserundurchlässig. Das Wasser sammelt sich in der Uyuni-Pfanne, doch dort wird es von der Sonne erwärmt und verdunstet. Ein Wassertropfen besteht aber nicht nur aus Wasser, sondern, selbst wenn es sich um Süßwasser handelt, auch aus anderen Bestandteilen, unter anderen eben dem Salz, das das Wasser während der Regenfälle aus dem Fels gewaschen hat. Während das Wasser als Dampf zum Himmel steigt und Wolken bildet, bleibt das Salz am Boden und reichert sich dort an. Wenn du im Salar gräbst, würdest du nach der dünnen Salzschicht an der Oberfläche auf salziges Wasser stoßen, dann auf eine Tonschicht, dann wieder eine Salzschicht und erneut eine Tonschicht und so weiter, auf einen wahren Blätterteig aus Salz und Ton.

Diese Schichten haben sich im Laufe vieler Jahre während Trocken- und Regenperioden gebildet. Vor 16 000 Jahren war Uyuni noch ein großer See. Er war sehr tief, über 100 m. Damals regnete es zweimal mehr als heute. Das Regenwasser nagte an den Felsen der Umgebung und lagerte deren Reste am Boden des Sees ab. Auf diese Weise entstanden die Tonschichten.

Wenn es heiß war, verdampfte das Wasser, so dass das Salz sich anreicherte. Wenn es regnete, setzte sich der Ton ab und bildete dicke Schichten. Schließlich endete die Feuchtigkeitsperiode, und der See trocknete aus. Weil er sehr groß war, existierte er länger als die anderen Seen der Umgebung, aber schließlich verschwand auch er und wurde zur Salzwüste von Uyuni.

Übrigens:

Die Menschen am Uyuni litten oft unter Deformationen am Hals, dem sogenannten Kropf. Das hat damit zu tun, dass das Meer weit entfernt war. Wer nämlich am Meer wohnt, nimmt automatisch ein Element auf, das solche Krankheiten verhindert: Jod. Jod findet sich oft auch im Salz. Doch das Wasser, das in die tief im Inneren des Kontinents gelegene Uyuni-Region gelangt, enthält so gut wie kein Jod. Um Abhilfe zu schaffen, wurde vor zwanzig Jahren in Bolivien damit begonnen, das Speisesalz mit Jod anzureichern, ähnlich wie es auch mit manchen Salzsorten in Europa getan wird, und seitdem ist der »Kropf« ausgerottet.

4. Nordpol
Pol ohne Eis

Der Nordpol liegt inmitten einer Welt der Extreme. Im Winter wird es hier bis –43 °C kalt, und überall gibt es nur Eis. Aber der Pol hat sich immer wieder verändert. Es gab eine Zeit, da lebten hier Krokodile und friedliche Pflanzenfresser. Vor 55 Millionen Jahren, bald nach dem Aussterben der Dinosaurier, war es sehr warm auf der Erde. Es gab auch keine Eiskappen – weder am Nord- noch am Südpol. Die Durchschnittstemperatur im Sommer war 23 °C, etwa wie heute bei uns. Von vielerlei Tieren bewohnte Wälder bedeckten das Land um den Pol.

Um dies zu entdecken, mussten Forscher unten im Boden des arktischen Ozeans bohren. Im Jahr 2004 erreichte eine wissenschaftliche Expedition den Nordpol, den Mittelpunkt der Arktis. Drei Schiffe waren nötig, um das Eis zu brechen und eine Fahrrinne zu schaffen. Anschließend haben die Forscher den Meeresboden in 1300 m Tiefe untersucht, das heißt, sie haben lange Bohrkerne aus dem Meeresboden entnommen. Darin haben sie Pollen von Palmen und Nadelbäumen gefunden. Darüber hinaus haben diese Bohrkerne ihnen dabei geholfen, die Entwicklung des arktischen Ozeans zu verstehen.

Das Wasser der Ozeane besteht wie eine Zwiebel aus mehreren Schichten, doch der Wind und die Strömungen sorgen dafür, dass das Wasser sich mischt. In der Warmzeit, von der oben die Rede war, war der arktische Ozean allerdings vom übrigen Weltmeer getrennt. Das salzige Wasser in der Tiefe vermischte sich hier nicht mit dem Süßwasser an der Oberfläche, das durch große Flüsse gespeist wurde. So konnte sich an der Wasseroberfläche ein Farn, der sogenannte Algenfarn Azolla bilden. Er breitete sich sogar mit großer Geschwindigkeit aus. Das Besondere an Azolla ist, dass er große Mengen Kohlendioxid (CO_2) bindet. CO_2 wiederum trägt entscheidend zum Treibhauseffekt bei, indem es das Entweichen der Wärme der Luft ins All verhindert. Je mehr CO_2 es gibt, desto höher steigt die Temperatur auf der Erde, und je mehr CO_2 absorbiert wird, desto tiefer sinkt sie.

Einige Forscher sind der Ansicht, dass eine große Menge von Azolla zur Abkühlung der Erdatmosphäre beigetragen hat. Wenn dieses Farn abstirbt, sinkt es auf den Meeresboden. Dort wurden deutliche Spuren seiner Existenz gefunden. Hat also das »Azolla-Ereignis« am Ende der Warmzeit die Periode der Eiszeiten herbeigeführt, die bis heute anhält?

Noch wissen wir nicht, wie weit die Polkappen damals schon wieder vereist sind, doch immerhin wurde ein Gesteinsstück entdeckt, das die Existenz von Gletschern vor 49 Millionen Jahren nahelegt. Bis in unsere Tage glaubten die Wissenschaftler, dass es erst vor 13 Millionen Jahren zu einer dauerhaften Vereisung der Pole gekommen ist, also sehr viel später. Eine neue Expedition zum Nordpol ist ab 2017 geplant und soll die Frage endgültig klären.

Und noch etwas:

In der Warmzeit vor 55 Millionen Jahren gab es noch keine Menschen. Das damalige Erdzeitalter, das Paläozän, begann mit dem Verschwinden zahlreicher Dinosaurierarten. Der Einschlag eines großen Meteoriten, und der Ausbruch zahlreicher Vulkane haben anscheinend dazu beigetragen. Die größten Dinosaurier überlebten das nicht. Andere Tiere erwiesen sich als widerstandsfähiger und entwickelten sich – vor allem kleine Säuger, die den heutigen Hunden und Eichhörnchen ähnelten. Nach und nach entstanden Arten, die mit Tieren nahe verwandt waren, die wir heute kennen: Hasen, Pferden und schließlich auch Affen.

VM.

5. Himalaya, Asien

Ein Gebirge im Kopfstand

Allenthalben schneebedeckte oder von Wolken verhüllte Gipfel: der Himalaya, die höchste Gebirgskette der Welt, eine Barriere zwischen Indien und China. Ein Paradies oder die Hölle für Bergsteiger und Wissenschaftler. Magisch zieht er die Abenteuerlustigen an, und die Neugierigen stellt er vor große Rätsel. Viele Alpinisten haben die Gipfel erstürmt, und einer dieser Alpinisten war zugleich ein Wissenschaftler: der Geologe Augusto Gansser. Er hat uns die Schlüssel zum Verständnis der Entstehung des Himalaya und der Folgen für die ganze Region in die Hand gegeben. Seit zig Millionen Jahren drängt die Indische Platte nach Norden gegen die Eurasische Platte: Dabei schiebt sich die Indische Platte über die Eurasische, was dazu führt, dass dort, wo dies geschieht, das Gestein hochgedrückt wird und eine Gebirgskette bildet.

Auf den Gipfeln haben die Wissenschaftler eine erstaunliche Feststellung gemacht: Das Gestein, das hier zutage tritt, stammt von der Unterseite der Indischen Platte. Eigentlich sollte es sich mehr als 30 km unter dem Boden befinden, und doch liegt es an der Oberfläche. Ein Gebirge, das auf dem Kopf steht, die Füße im Himmel und den Kopf in der Erde. Wie ist das möglich?
Es ist so, dass die Indische Platte von einem Bruch durchschnitten wird. Stell dir einen rechteckigen Kuchen mit zweierlei Zutaten vor: unten Banane, oben Schokolade. Und jetzt schneiden wir den Kuchen schräg durch, sodass die Schokoladenschicht kürzer ist als die mit Banane. Wenn wir nun die beiden Stücke gegeneinander drücken, schiebt sich die Bananenschicht mit der Schokoladenschicht über die Schokoladenschicht, und der Kuchen ist doppelt so dick wie zuvor: Banane-Schokolade und noch einmal Banane-Schokolade. Dann aber raspeln Wasser und Wind die oberste Schicht fort. Die Schokolade verschwindet, und die Bananenschicht kommt ans Licht. Für den Himalaya bedeutet das: Die tiefste Schicht der Indischen Platte liegt jetzt zutage.

Die Indische Platte verschiebt sich jährlich um 5 cm in Richtung Asien. Das macht zu deinen Lebzeiten schon 40 oder 50 cm. Das klingt nicht nach viel, doch seit der Entstehung des Himalaya sind das schon 2000 km. Und es geht weiter. Indien schiebt sich immer weiter nach Norden, und neue Bruchlinien entstehen. Das erklärt auch, warum es im Himalaya immer wieder zu Erdbeben kommt, wie dem in Nepal 2015, mit vielen tausenden Toten und Verletzen.
Der Himalaya hat die ganze Region geprägt. Er ist eine gewaltige Barriere, an der sich die Regenwolken vom warmen Indischen Ozean im Süden abregnen, wenn sie in die Höhe steigen müssen. Diese sehr heftigen Regenfälle werden Monsun genannt. Es gab schon Monsunregen, bevor der Himalaya entstand, aber seitdem sind sie in Südasien, in Indien und Bangladesch vor allem, stärker geworden. Der viele Regen nagt am Fels, und in den Flüssen, die zum Meer strömen, wird das Geröll zu Sand zermahlen. An den Flussmündungen sinkt dieser Sand ins Meer. Im Lauf der Jahrmillionen hat sich dort soviel Sand auf dem Meeresboden angesammelt wie die ganze Masse des Himalaya selbst.

Übrigens:

Viele Forscher haben den Himalaya in der Hoffnung erklommen, einen Handelsweg zwischen Ostasien und Europa zu finden. Dabei kam es zur Entdeckung des höchsten Bergs der Erde, des Mount Everest, nicht weniger als 8848 m hoch. Eigentlich hieß er Chomolangma auf Tibetisch und Sagarmāthā auf Nepalesisch, doch die englischen Kolonialherren nannten ihn nach einem britischen Landvermesser. Erst 1953 gelang Edmund Hillary und Tenzing Norgay die Erstbesteigung des Bergs.

6. Totes Meer, Naher Osten

Blühendes Leben am tiefsten Punkt der Erde

Wasser, auf dem du dich treiben lassen kannst ... das Tote Meer zieht viele Neugierige an. Es besitzt erstaunliche Eigenschaften. Es hat einen so hohen Salzgehalt, dass es fast kein Leben in ihm gibt. Sein Wasser besteht zu 27 bis 35% aus Salz, während etwa das Mittelmeer nur 5% Salzgehalt aufweist. Lediglich ein paar Bakterienarten können sich hier gerade noch halten. Deshalb haben die Griechen dem See seinen Namen gegeben. Und wegen dieses ganzen Salzes ist das Wasser so dicht, dass du dich fast wie in einen Sessel hineinsetzen kannst. Das Tote Meer liegt an der Grenze zwischen Jordanien, Israel und dem Westjordanland, und es hat noch eine weitere Besonderheit: Es stellt den tiefsten Punkt der Erdoberfläche dar, meist etwa 429 m unter dem Meeresspiegel, doch das ändert sich immer noch.

Diese Tatsache erklärt sich daraus, wie das Tote Meer vor Millionen Jahren entstanden ist. Es ist der Rest einer ganzen Reihe von Seen, die es an dieser Stelle gegeben hat. Der letzte davon, der Lisansee erstreckte sich vor 68 000 bis 10 000 Jahren v. Chr. über eine Fläche von 3300 km² entlang eines Grabenbruchs. Das Tote Meer liegt an der Grenze zweier Kontinentalplatten. Die Platte auf der jordanischen Seite driftet nach Nordosten, und so ist an der Grenze der Platten vor 18 Millionen Jahren die Erde aufgebrochen. Der so entstandene Graben füllte sich mit Wasser und wurde zum Lisansee. In trockeneren Zeiten hat sich das Wasser dann immer weiter zurückgezogen, und je weiter das Wasser zurückwich, desto salziger wurde es. Seit 12 000 Jahren sind von dem großen See nur noch das Tote Meer und nördlich davon der See Genezareth übrig. Vom See Genezareth fließt der Jordan ins Tote Meer.

Vorfahren des heutigen Menschen, Angehörige der Gruppe des Homo erectus, lebten in der Nähe des Lisansees. Sie waren Nomaden und wechselten ihren Aufenthaltsort, je nachdem, wo sie genügend Nahrung fanden. Später, um 18 000 v. Chr., ließen sich Menschen dauerhaft in der Region nieder. Während sich der See mehr und mehr zurückzog, waren die Uferzonen sehr sumpfig, und die Menschen hielten sich von ihnen fern. Doch nach und nach verband sich roter Sand, der von den Hängen heruntergespült wurde, mit dem Sumpfboden, und die Menschen näherten sich dem See immer mehr. Sie errichteten Hütten und bauten sogar Getreide an. Diese Periode, zwischen 18 000 und 14 000 v. Chr. ist für die Forschung so wichtig, weil damals Menschen zum ersten Mal sesshaft wurden. Sie bewahrten Pflanzensamen – vor allem von Weizen – auf, um sie wieder auszusäen. Das war der Beginn des Ackerbaus. Deshalb wird die Gegend unter Wissenschaftlern auch »Laboratorium des Ackerbaus« genannt. Getreideanbau und Sesshaftwerdung gingen Hand in Hand. Die Frage, was die Menschen dazu gebracht hat, die Pflanzen, die sie aßen, selbst zu züchten, ist noch nicht beantwortet. Mit der Kultivierung von Speisepflanzen scheint auch der Glauben an Götter entstanden zu sein, von dem die ältesten Gipsfiguren der Welt zeugen, die nahe dem Toten Meer gefunden wurden. Wir wissen noch nicht genug über diese alte Kultur, um genau sagen zu können, wie der Übergang zum Ackerbau und zum Siedeln in festen Dörfern vonstatten gegangen ist.

Und noch etwas:

Nicht weit vom Toten Meer stand die erste Stadt der Welt: Jericho. Diese Siedlung war die erste, die den Städten von heute glich, sie ist vor 5000 Jahren entstanden. Sie besaß Häuser und Straßen und war vor allem von einer Mauer umgeben, die die Menschen im Inneren der Stadt offenkundig vor äußeren Feinden schützen sollte. Um diese Mauer bauen zu können, mussten sich die Menschen wie in einem modernen Staat organisiert haben. Sie müssen sich um Anführer geschart und ihre Umgebung verwaltet haben.

7. Geirangerfjord, Norwegen

Wo Gletscher den Fels verschlingen

Ein großartiges Tal in den Weiten Norwegens. Ganz klein kommt sich ein jeder vor im Inneren des Fjords – eines sowohl mit Süß- als auch mit Salzwasser gefüllten Tals, das einst ein Gletscher gegraben und dann das Meer aufgefüllt hat. Die 1400 m hohen Steilwände enden in einem gewaltig tiefen Meeresarm. Wenn du dir das Wasser fortdenkst, ist der Geirangerfjord tiefer als der Grand Canyon in den USA. Kaum durch Menschenhand verändert, zeigt diese Landschaft noch die Spuren ihrer Entstehung. Aus diesem Grunde wurde sie von der Unesco zum Weltnaturerbe erklärt. Denn die Landschaft zeugt davon, wie vor 20000 Jahren das Land hier ganz und gar von einem einzigen Gletscher bedeckt war. Und dass das Eis solche Täler geformt hat. Es ergoss sich in alte Flusstäler und nagte, während es sich mit seinem ungeheuren Gewicht meerwärts bewegte, immer weiter am Gestein. Am Ende der Eiszeit stieg die Temperatur, und der Gletscher schmolz. An seine Stelle trat die bis zu 500 m tiefe Wasserrinne.

Flüsse strömen zum Fjord und fallen an seinen steilen Rändern in Kaskaden in die Tiefe. Doch dieses Wasser vermischt sich kaum mit dem salzigen Meerwasser, das in der Tiefe vorherrscht, weil das Süßwasser an der Oberfläche bleibt. An dieser Oberfläche leben auch manche Süßwasserfische, die ins Fjord hinabgerissen worden sind. Dass das Oberflächenwasser Süßwasser ist, führt für die Anwohner zu Problemen, denn der Fjord friert im Winter zu, und keine Schiffe kommen mehr durch. Andererseits erwärmt sich das Klima, aber dies wiederum führt zum Anstieg des Meeresspiegels. Die Siedlungen um den Fjord wie das Städtchen Geiranger könnten in der Zukunft vom Wasser bedeckt werden. Gegenwärtig jedoch ist der Fjord ein geschützter Ort für die Menschen, aber auch für die Tiere, die dort leben – Delphine, Wale und Seehunde.

Übrigens:

Die Ufer der norwegischen Fjords sind seit mehr als 10000 Jahren bewohnt. Die ersten Menschen, die diese Landschaft erkundet haben, waren Jäger, die sich von Rentieren ernährten. Diese Jäger bauten sich unter Felsvorsprüngen rohe Behausungen, die die Norweger herbøre nennen. Tatsächlich wurde am See Oaldsvatnet südlich des Geirangerfjords Pfeilspitzen gefunden. Später, vor etwa 6000 Jahren, begannen die Einwohner der Gegend, den Boden zu bebauen. Um die Fjords herum entstanden Bauernhöfe, deren Besitzer bald auch Vieh züchteten, das sie im Sommer auf die Hochflächen trieben. Die meisten dieser Bauernhöfe wurden vor ungefähr 70 Jahren verlassen, weil das Leben in den Städten weniger hart war. Heute gibt es Vereine, die die alten Bauernhäuser schützen und renovieren.

Und noch etwas:

Im Juli 2017 gab der norwegische Umweltminister bekannt, dass der Geirangerfjord sowie vier weitere Fjorde für Kreuzfahrtschiffe, die nicht den neuesten Umweltanforderungen genügen, gesperrt werden sollen.

8. Kappadokien, Türkei

Land der tausend Löcher

Eine magische Landschaft voller steinerner Zuckerhüte, die auch »Feenkamine« genannt werden. Kappadokien, eine Region der Türkei, erinnert an einen Schweizerkäse. Von allen Seiten sind die Felsen ausgehöhlt. Waren Menschen oder die Natur die Ursache davon? Sowohl als auch.

Diese Region hat eine bewegte Geschichte. Sie ist nur ein Zipfel einer größeren Landschaft: Anatolien. Vor 11 Millionen Jahren, einer Epoche, in der die Menschenaffen sich von den übrigen Primaten zu unterscheiden begannen, entstanden in der Mitte Anatoliens zahlreiche Vulkane. Einer nach dem anderen brach aus, es war eine gewaltige Naturkatastrophe. Große Mengen vulkanischer Asche und zahlreiche Felsblöcke wurden in die Luft geschleudert und bedeckten die ganze Gegend, ein Gebiet von 2500 bis zu 10000 km^2. Nach jedem Vulkanausbruch bildete die Vulkanasche eine neue Schicht.
So entstand eine gründlich veränderte Landschaft, denn als die Asche erkaltete, wurde sie zu Stein, der »Ignimbrit« genannt wird, nach den lateinischen Wörtern für »Feuer« und »Regen«. Wie wenn ein Feuerregen über der Gegend niedergegangen wäre. Das Wasser der Niederschläge sammelt sich in Kappadokien in dem Fluss Kızılırmak, der samt seinen Nebengewässern unablässig an den Felsen nagt und ihnen ihre Form gibt. Dieses Phänomen, die Erosion, hat die Feenkamine geschaffen. Jahrtausende nach ihrer Entstehung kam es zu neuen Vulkanausbrüchen, doch diesmal verbreitete sich die glühende Asche nur auf einer kleineren Fläche. Sie bedeckte einen Teil des Ignimbrits und schützte ihn vor weiterer Erosion. Nicht, weil die Erosion nicht auch auf diese neue Schicht wirkte, sondern weil sie jünger war und daher noch nicht so mitgenommen, also so stark erodiert ist. In die von der Erosion geformten Felsen haben Menschen vor langer Zeit ihre Behausungen gehauen.

Anderswo in Anatolien, dort, wo der Boden nicht aus Ignimbrit bestand, bauten die Bewohner ihre Häuser zuerst aus Lehmziegeln, die sich nach einigen Jahren aber auflösten. Die Menschen bauten dann regelmäßig die Mauern ihrer Häuser neu auf dem kleinen Hügel, den die Reste der alten Lehmziegel bildeten. Das hatte zur Folge, dass diese Hügel, die die Türken hoyük nennen, weiter wuchsen. Du kannst sie noch immer in manchen Dörfern und Städten sehen.
Die Höhlen in den Ignimbritfelsen waren schon lange bewohnt, als sich vor 1600 Jahren christliche Einsiedlermönche nach Kappadokien zurückzogen und ihre Zellen und Kapellen in die Felsen gruben. Sie werden auch Troglodyten genannt, das heißt, Höhlenbewohner. Seit dieser Zeit haben die Bewohner der Gegend sogar lange unterirdische Gänge in den Fels gehauen, um sich vor den feindlichen Heeren zu schützen, die seit dem 7. Jahrhundert die Gegend bedrohten. Monatelang konnten sie unter der Erde verborgen überleben. Es entstanden ganz Höhlenstädte. Auch heute noch haben manche Häuser in den Fels gehauene Zimmer und Kellerräume. Sie müssen allerdings geschützt werden, denn die Erosion der Felsen schreitet fort, und die Aktivitäten der Menschen gefährden oft die empfindlichen Strukturen. Deshalb ist es ein Glücksfall, dass die Unesco die meisten dieser Wohnstätten zum gesetzlich geschützten Weltkulturerbe erklärt hat.

Und noch etwas:

Das vulkanische Gestein, das den Süden Kappadokiens, den weniger erodierten Teil der Landschaft, bedeckt, bewahrt auch die Erinnerung an die Zeit, als die Menschen begannen, ihre Nahrung selbst anzubauen, also an die Entstehung des Ackerbaus. Im Boden um die alten Vulkane findet sich Obsidian, ein glasartiger besonders harter Stein. Die Menschen dieser Gegend haben schon früh Splitter von solchen Steinen abgeschlagen, um aus ihnen Pfeilspitzen, Klingen oder Schmuck zu fertigen. Und sie haben diese Dinge mit anderen Menschengruppen getauscht. Solche Waren aus Obsidian wurden im 1000 km von Kappadokien entfernten Zypern gefunden. Sie erreichten auch den sogenannten Fruchtbaren Halbmond, die Landschaft zwischen Palästina, Syrien und dem Nordirak, wo zum ersten Mal überhaupt Getreide angebaut wurde. Vor etwa 11000 Jahren, so nehmen die Wissenschaftler an, wurde zusammen mit dem Obsidian auch die Kenntnis von Ackerbau und Viehzucht ausgetauscht.

VM.

9. Fujiyama, Japan

Einer der größten Baby-Vulkane

Der schneebedeckte Gipfel des Fujiyama, des Fuji-Berges, ist ein Wahrzeichen Japans. Berühmt wegen seiner Schönheit, ja, Vollkommenheit, ist der Fuji zugleich der größte Vulkan dieses Landes. Letzteres ist erstaunlich, denn eigentlich, so sagt die Wissenschaft, müssten die ältesten Vulkane der Inseln auch die größten sein. Der Fuji aber ist recht jung. So erklären manche Experten seine Größe mit den Besonderheiten seines Standorts.

Der Fuji steht an der Grenze dreier tektonischer Platten, die sich auf denselben Punkt zu bewegen. Eine davon schiebt sich unter ihre Nachbarin und stößt dabei mit der dritten zusammen. Auf diese Weise sind in vielen Teilen Japans Vulkane entstanden. Der Fuji erhebt sich über zwei älteren Vulkanen, dem Komitake und dem alten Fuji. Der junge Fuji ist »erst« seit 100000 Jahren aktiv, was für einen Vulkan nicht viel ist. Immerhin gibt es den Homo sapiens schon doppelt so lange. Doch der Fuji ist sehr aktiv gewesen. Dank seiner Lage über Erdspalten ist er in tausenden Ausbrüchen gewachsen. Früher ist er regelmäßig alle 100 Jahre ausgebrochen; die Spuren davon sind auch heute noch sichtbar. Wenn du am Berg entlang wanderst, wirst du zahlreiche Löcher und hohle schwarze Säulen finden. Es handelt sich dabei um sogenannte Lavabäume. Als an diesen Stellen glühende Lava die Bäume teilweise bedeckte, verbrannten Blätter und Zweige sofort. Die Stämme hingegen, die von der Luft abgeschnitten waren, verbrannten nicht. Vielmehr entwich das Wasser aus ihnen als Dampf – sie wurden zu Kohle und behielten ihre Form. Die Lava wiederum erkaltete, wurde hart und bildete eine Art Kruste um den Baum, während die übrige Lava weiterfloss und erst später fest wurde. Die abgestorbenen Bäume verschwanden im Lauf der Zeit; ihr Panzer aus steingewordener Lava aber blieb – als leere Felssäule. Dort, wo der Erdboden um diese falschen Bäume sich angehäuft hat, siehst du nur noch Löcher.

Die verschiedenen Ausbrüche des Vulkans erklären auch die beinahe vollkommene Form seines Kegels. Wenn der Vulkan explodierte, leerte sich sein Inneres, und seine Seiten brachen daraufhin ein. Dies geschah etwa alle 300 Jahre, und dabei entstanden auch die bei Touristen sehr beliebten Seen. Entscheidend aber war, dass der letzte Einsturz des Fuji-Gipfels den Berg fast perfekt symmetrisch machte. Ein Zufall, der viel zur Popularität des Berges beigetragen hat.

Die plattentektonische Bewegung hat die häufigen Erdbeben zur Folge, für die Japan bekannt ist. Die Japaner haben gelernt, Gebäude so zu konstruieren, dass sie sich bewegen können ohne einzustürzen. Doch die Erdbeben beunruhigen die Experten. Sie könnten einen neuen Ausbruch des Vulkans ankündigen. So war es anscheinend auch beim letzten Ausbruch des Fuji im Jahr 1707. Er war so heftig, dass es noch in Tokio Asche regnete. Jahrhundertelang zuvor hatte sich der Vulkan nicht gerührt. Nach dem heftigen Seebeben von 2011 an der Pazifikküste vor der Tōhoku-Region, das einen Tsunami und die Nuklearkatastrophe von Fukushima zur Folge hatte, fürchteten viele, der Fuji könnte wieder erwachen. Glücklicherweise ist das nicht geschehen.

Übrigens:

Der Fuji war nicht immer ein nationales Symbol Japans. Seine Popularität, die beinahe göttliche Verehrung, die ihm entgegengebracht wird, hat ihre Ursachen nicht nur in seiner Schönheit, sondern auch in der Volksfrömmigkeit. In den Jahren nach 700 wurde dem Berg ein Tempel geweiht, denn die Shinto-Religion Japans verehrt die Natur und will, dass die Menschen in Harmonie mit ihr leben. Zunächst wurde der Fuji zusammen mit anderen Bergen verehrt, doch nach einigen heftigen Ausbrüchen ließen sich Mönche dauerhaft in einem Tempel am Fuß des Berges nieder, um den Fuji zu beruhigen. Ein anderer Tempel wurde genau dort errichtet, wo ein Lavastrom zum Stillstand gekommen war. Der Fuji wurde als eine Art Gottheit wahrgenommen und in Gedichten als Muster der Vollkommenheit beschrieben. Immer mehr Künstler trugen zu seinem Ruhm bei und immer mehr Menschen pilgerten zu ihm.

10. Versteinerter Wald von Arizona, USA

Ein Wald für die Ewigkeit

Eine Wüstenlandschaft, felsige Hügel, soweit das Auge reicht. Überall liegen Teile von Bäumen übereinander. Lang hingestreckt, wie tot. Und ihre Farben sind seltsam. Manche sind rot, andere hell- oder dunkelbraun. Wenn du nähertrittst, kannst du fühlen, dass die Bäume hart wie Stein sind. Kein Wunder: Sie sind aus Stein. Es sind versteinerte Bäume. Daran ist nichts Geheimnisvolles, es handelt sich nur um einen erstaunlichen Naturprozess. Eine gewaltige Überschwemmung hat die Bäume vor langer Zeit mit sich gerissen. Dann wurden sie unter Wasser von einer Schicht aus Kiessand, welken Blättern und anderen Organismen begraben. Unter diesen Sedimenten waren sie vollständig vom Sauerstoff abgeschnitten. Und ohne Sauerstoff konnten die Bäume nicht zerfallen. Doch nach und nach haben die Mineralien aus denen das Gestein besteht, das Holz ersetzt, dabei aber seine Struktur bewahrt. Du kannst die Form des Holzes genau erkennen, auch die Rinde, ja, die einzelnen Zellen. Sogar die Gänge der Insekten sind sichtbar, die an dem Holz genagt haben, bis es zu der Überschwemmung kam.

Die Bäume, die hier in Arizona den versteinerten Wald bilden, sind 220 Millionen Jahre alt, stammen also aus der Zeit der ersten Dinosaurier. Sie sind wertvolle Zeugen der Lebenswelt zu dieser Zeit. Zudem haben Forscher in ihrer Umgebung Samen, Zapfen, Pollen und Blätter, aber auch die Zähne und Schädel von Tieren gefunden – alle versteinert.
Dank der vielen Indizien lässt sich diese längst vergangene Welt rekonstruieren. Arizona muss damals so ähnlich ausgesehen haben wie Landschaften, die wir heute kennen: von Wiesen bedeckte Ebenen, Flüsse und viele Seen. Nicht wenige Bäume dieser Epoche gehörten zur selben Familie wie unsere Nadelbäume und waren genauso groß wie heutige Bäume. Die meisten der Pflanzen oder Tiere, die hier lebten, waren allerdings im Wasser oder in dessen Nähe zu Hause. Vor allem werden Reptilien gefunden, die zur selben Familie wie die Krokodile gehörten, und Amphibien, Verwandte der Frösche. Diese Tiere sahen allerdings ganz anders aus als ihre modernen Verwandten. Es finden sich unter ihnen sogar Lebewesen, die die Experten überhaupt nur schwer einordnen können, weil sie keinen bekannten Lebewesen ähneln. Stell dir zum Beispiel eine überall mit Stacheln bedeckte Pflanze vor oder eine Art Riesensalamander mit ganz kleinen Füßen, einem schweren Leib und einem großen Kopf. Dieses Tier, Buettneria (oder Koskinonodon) genannt, gehört zu den frühesten Amphibien; es war 3 m lang und wog 450 kg, soviel wie eine kleinere Kuh. Es war sehr verbreitet. Da es sein Gewicht auf dem Land nicht tragen konnte, verbrachte es alle seine Tage im Wasser. Zur selben Zeit erschienen die allerersten Dinosaurier, doch die waren zu dem Zeitpunkt noch keineswegs riesig; das wurden sie erst sehr viel später.

Und noch etwas:

In derselben Gegend wurden auch Ruinen von Häusern und Reste von Keramik gefunden. Indianer haben in der Nähe der seltsamen Bäume gelebt. Die erstaunlichsten Spuren, die sie hinterlassen haben, sind Felsritzungen, sogenannte »Petroglyphen«. Es ist unmöglich zu sagen, aus welcher Zeit sie stammen. Fachleute nehmen an, dass einige davon einen Sonnenkalender darstellen, mit dessen Hilfe die Indianer den Sommer- und Winteranfang bestimmen konnten.
Die versteinerten Bäume müssen die Indianer sehr interessant gefunden haben, jedenfalls fanden sie Eingang in ihre Mythen. Für die Navajos (oder Diné) waren sie die Knochen des Riesen Yietso, gegen den sie kämpfen mussten, als sie sich in der Gegend niederließen. Für die Paiute sind sie die hölzernen Pfeile ihres Donnergotts Shinuav. Weil der Stein, zu dem die Bäume geworden sind, sehr hart ist, haben die Indianer daraus Pfeilspitzen, Klingen und andere Werkzeuge hergestellt, während die Amerikaner ihn früher als Baumaterial gehandelt haben.

VM.

11. Chauvet-Höhle, Frankreich

Der Ursprung der Kunst

Höhlen sind eine Welt für sich. Eine unterirdische verborgene Welt voller Geheimnisse. Die Chauvet-Höhle oder Grotte Chauvet befindet sich im Departement Ardèche im Süden Frankreichs. Sie ist in vorgeschichtlichen Zeiten genutzt worden, und unsere Vorfahren haben die Tiere ihrer Umgebung hier an die Wände gemalt. Diese Malereien gehören zu den ältesten vom Homo sapiens, also unserer Art, geschaffenen Kunstwerken. Sie sind bis zu 35 000 Jahre alt. Sie stehen am Beginn der »Aurignacien« genannten Periode, in der die Höhlenmalerei aufkam.

Das Verfertigen von Bildern war ein wichtiger Schritt in der Entwicklung der menschlichen Kultur. Die Menschen müssen sich schon immer Geschichten erzählt haben, die den Zusammenhalt der Gruppe stärkten. Und Bilder zu malen bedeutete eine Fortsetzung dieses Erzählens mit anderen Mitteln. Stell dir jemanden vor, der in einer dunklen Höhle steht und mit Fackeln die Wände beleuchtet wie das Licht des Filmprojektors die Leinwand in einem dunklen Kino; jemanden, der die Bilder der Tiere im Kopf hat, die ihn beschäftigen, und der sie dann auf die Wand aufträgt. Tiere, die er respektiert, die er fürchtet und auch bewundert. Tiere voller Kraft: Löwen, Nashörner, Bären … Zu dieser Zeit waren Menschen Raubtiere unter Raubtieren, und sie betrachteten die mächtigen Tiere als ihresgleichen. Sie beobachteten sie genau und zeichneten sie mit allen Einzelheiten: Die Köpfe der Löwen haben Ohren und Augen mit einer Pupille; ein Maul mit einer ganz bestimmten Stellung und hochgezogene Augenbrauen. Die Augen scheinen wirklich den Betrachter der Zeichnung anzusehen. Vielleicht haben die Menschen sich mit den Tieren identifiziert und wollten in diesen Bildern ihre eigene Stärke zeigen. Spätere Bilder in anderen Höhlen werden viel schematischer sein, so, als wären die Tiere ihnen fremder geworden.
Diese Tiere waren auch Konkurrenten der Menschen. Selbst in der Chauvet-Höhle. Die Menschen besuchten sie nur unregelmäßig, und nicht, um hier zu wohnen. Sie nutzten die Höhle 10 000 Jahre lang, also doppelt so lange wie die Zeit, die uns von den frühen Pharaonen Ägyptens trennt. Als sie die Höhle entdeckten, war sie bereits bewohnt, und zwar von Bären. Nicht von irgendwelchen Bären, sondern von Höhlenbären. Der Höhlenbär, Ursus spelaeus, war dreimal so groß wie ein heutiger Braunbär, und wenn er sich aufrichtete, um Menschen oder andere Tiere aus seiner Behausung zu vertreiben, war er 3,5 m hoch. Vertreter dieser Spezies haben zahlreiche Spuren ihrer Klauen an den Höhlenwänden hinterlassen. Auch wurden zahlreiche Bärenschädel gefunden sowie über 4000 Knochenstücke, die über den Boden verstreut waren. Gewiss haben die Menschen sich viele Gedanken über dieses Tier gemacht. Die meisten bemalten Wände sind auch die mit den Kratzspuren der Bären. Neben so einer Spur hat ein Mensch die Wand mit seinen gespreizten Händen markiert, als wollte er den Bären nachahmen.
Wissenschafter haben festgestellt, dass die Schädel und die Knochen bewusst angeordnet waren. Ein Saal am Ende der Höhle wird »Schädelsaal« genannt, weil einer der Bärenschädel auf einem Fels in der Mitte des Raums abgelegt war. Weshalb? Das ist noch immer schwer zu beantworten. Die Bären beschäftigten die Menschen, und sie tun es heute noch.

Übrigens:

Die Chauvet-Höhle ist deshalb etwas ganz Besonderes, weil sie sich über sehr lange Zeit fast unverändert erhalten hat. Seit 21 500 Jahren hat sie weder ein Mensch noch ein größeres Tier betreten. Die Menschen, die sie zuerst entdeckten, haben sie gründlich erforscht. Sie haben sie lange Zeit genutzt, bis ein großer Felssturz den Eingang soweit verschlossen hat, dass er nicht mehr nutzbar war. Doch 2000 Jahre später gelang es den Menschen, sich einen neuen Zugang zu bahnen. Dann ereignete sich ein weiterer Felssturz, der die Höhle vollkommen verschloss. Es dauerte dann bis 1994, dass sie wiederentdeckt wurde. Die Wissenschaftler fanden die Malereien in perfektem Zustand vor, sie entdeckten sogar noch die Eindrücke von nackten Füßen, die ein Kind oder ein Jugendlicher vor 26 000 Jahren hinterlassen hat, als es die Höhle verließ. Um die Spuren der Menschheitsgeschichte zu erhalten, wurde der Zugang verboten, doch dafür wurde eine detaillierte Nachbildung der Höhle in drei Kilometer Entfernung gebaut.

12. Die Tsingy von Bemaraha, Madagaskar

Ein Meer von Zähnen

Ein Meer von Zähnen, nadelspitzen, gefährlich aussehenden Zähnen. Diese Ansammlung vor Felszähnen erstreckt sich über 1500 km^2 auf der Insel Madakaskar. Die Einwohner der Insel, die Madegassen, nennen sie Tsingy, was soviel wie »Spitzen« heißt, von Bemaraha. Überall in diesem Meer von Steinspitzen findet sich auch Grün. Bäume haben sich zwischen ihnen festgekrallt und erheben ihre grünen Häupter zwischen dem Grau der Felsen. Ihre Wurzeln bohren sich bis zu 20 m in den Fels, um in der Tiefe Wasser zu finden. Das ist möglich, weil sich unter der Oberfläche eine unterirdische Welt von Höhlen und Wasserläufen verbirgt. Und es ist eben dieses Wasser, das die einzigartige Felsformation erklärt.

Vor etwas mehr als 5 Millionen Jahren fiel leicht saurer Regen auf diese Felsen. Das Wasser sickerte langsam in die Ritzen, wo es zu einer chemischen Reaktion kam: Der Stein löste sich nach und nach auf, und einzelne Steinchen schwammen mit dem Wasser davon. Mit der Zeit wurden die Ritzen und Spalten größer, und die Felsen wurden schmal und spitz. Immer tiefer drang das Wasser und begann unter der Oberfläche wassergefüllte Höhlen zu bilden. Manchmal öffneten sich die Risse an der Oberfläche bis in die unterirdischen Höhlen, und Felszähne stürzten in die Tiefe. So entstanden Brücken und Zähne von ganz unterschiedlicher Höhe. Je nach Regenmenge war der Untergrund mehr oder weniger mit Wasser gefüllt. Dabei spielte auch die Höhe des Meeresspiegels eine Rolle und der Fluss Manambolo, der sich durch die Tsingy windet. Bei hohem Wasserstand floss ein Teil des Flusses durch das unterirdische Höhlensystem. Das ist auch heute der Fall. In dieser so besonderen Umwelt leben Tiere, die hier »endemisch« sind, das heißt, die es nirgends sonst gibt. Die weißen Sifaka-Lemuren mit ihren langen Beinen haben kein Problem damit, von einer Spitze zur anderen zu springen. Das Aye-Aye oder Fingertier mit seinen Fledermausohren, seinen Nagezähnen und seinem Eichhörnchenschwanz ist ebenfalls eine Lemurenart, die es nur auf Madagaskar gibt. Manche Leute erschrecken bei seinem Anblick. Zuweilen wurde es deshalb für ein Symbol des Bösen gehalten und gejagt. Brookesia perarmata wiederum ist ein winziges Chamäleon, das sich mit seinem rötlichen Körper und seinem gelblichen körnig aussehenden Kopf inmitten der Felsen tarnt. Seine lustige Kopfform hat ihm einige Probleme bereitet, denn die Menschen haben es oft eingefangen und als Haustier verkauft. Wie viele andere Tiere ist es heute vom Aussterben bedroht.

Und noch etwas:

Für die Madegassen sind die Tsingy ein heiliger Ort. Früher haben sie ihre Toten in den Felsspalten begraben, und noch heute rufen sie in Ritualen die Geister der Verstorbenen an. Die Alten erzählen, dass die Vazimba und die Kalanoro – ihre sagenhaften Vorfahren – hier lange Zeit in den Höhlen gelebt hätten. Sie seien so klein gewesen wie fünfjährige Kinder und hätten sehr lange Haare gehabt. Sie hätten sich von Wurzeln, Früchten, Honig und kleinen Krebsen ernährt und viel über die Pflanzen gewusst. Später seien sie dann aus den Tsingy herausgekommen.
Die Madegassen erzählen sich auch von einem Monster, das zwischen den Felsen gelebt haben soll. Der Songomby soll einem Pferd ähnlich gesehen und schreckliche Schreie ausgestoßen haben. Dieses Gespenst konnte sich unsichtbar machen und unvermittelt erscheinen, und es fraß Menschen.

Übrigens:

Der Nationalpark Tsingy von Bemaraha wurde bereits im Jahr 1990 zum UNESCO-Weltnaturerbe erklärt.

VM

13. Amazonien, Südamerika

Ein gut organisierter Wald

Hier ist der größte Wald der Erde der Herrscher. Eine unwirtliche wilde Gegend, ein undurchdringlicher Dschungel, ein erschreckendes Labyrinth. Wirklich? Nein, so ist es nicht. Stell dir einfach vor, dass riesige Straßen Amazonien durchqueren. Straßen, die Menschen vor langer Zeit gebahnt haben. Denn so unbewohnbar ist Amazonien überhaupt nicht. Seit Jahrtausenden schon haben Menschen hier gelebt. Archäologen haben die Spuren einer hochentwickelten Zivilisation entdeckt. Sie ist 2000 Jahre alt, so alt wie das römische Kaiserreich in Europa.

Amazonien erstreckt sich über die Länder Bolivien, Peru, Kolumbien, Ecuador, Venezuela, Guyana, Surinam, Französisch Guyana und Brasilien. In der Provinz Beni im Norden Boliviens legte das Volk von Baures erhöhte Straßen, die von Gräben flankiert wurden, an. Sie waren durchschnittlich 3 m breit und etwas weniger als 1 m erhöht. Archäologen haben Reste solcher Straßen auf 4800 m Länge gefunden. Die Straßen durchquerten die Savanne und verbanden sie mit Dörfern in den Wäldern. Die Gräben erlaubten den Verkehr während der Regenzeit mit Booten aufrecht zu erhalten. Insgesamt müssen die Leute von Baures mehr als 16 000 km Straßen angelegt haben. Die wurden vom Beginn unserer Zeitrechnung bis ins 18. Jahrhundert benutzt. Ein unglaubliches Verkehrsnetz! Manche Archäologen glauben, dass der Straßenbau eine Machtdemonstration war.
An Oberlauf des Xingu in Brasilien wurden ebensolche Straßen mit Gräben gefunden. Sie sind später entstanden: vor etwa 1500 Jahren. Die Dörfer in dieser Gegend waren gut organisiert und ähnelten sich sehr. Alle besaßen sie einen zentralen Platz sowie mehrere kleine, wo politische und religiöse Handlungen stattfanden. Die Bewohner zogen Gräben um den zentralen Platz und erhöhten die Plätze, so dass sie kleine Hügel darstellten. Das Dorf umgaben sie mit einer Palisade. Die Dörfer bildeten Gruppen, die untereinander mit Straßen verbunden waren. Jedes Dorf konnte von jedem anderen Dorf der Gruppe von einem Läufer in 5 Minuten erreicht werden. Wie in Bolivien, befanden sich auch diese Siedlungen an der Grenze von Savanne und Wald.

Auch künstliche Hügel sind an vielen Stellen in Amazonien entdeckt worden. Die Archäologen schließen daraus, dass die Völkerschaften, die hier lebten, zahlreich und hochentwickelt waren.
In den meisten Regionen ging die Ankunft der Europäer damit einher, dass diese bebauten Flächen aufgegeben wurden. Die Einheimischen, die heute hier leben, haben aber offenbar einige der alten Strukturen bewahrt. Die Anlage ihrer Dörfer mit ihrem zentralen Platz ist ähnlich. Dort versammeln sie sich und diskutieren die Geschicke des Dorfs oder organisieren Hochzeiten und Beerdigungen.
Weiter im Norden Amazoniens nutzen die Indigenen (von *indigena* Eingeborene), wie die Menschen oft genannt werden, deren Ahnen schon vor der Ankunft der Europäer hier lebten, die *terra preta*, einen besonders fruchtbaren Boden. Diese Erde wird fortwährend mit menschlichen Techniken verbessert, etwa durch die Anreicherung mit Holzkohle, Resten von Keramikgeschirr und verrottendem organischen Material. Auf diese Weise haben sich die Menschen an ihre Umgebung angepasst und erfolgreich Gartenwirtschaft betrieben.
1600 Jahre lang haben die Menschen so gelebt, ohne ihre Umwelt zu belasten, anscheinend in Frieden. In kaum 100 Jahren hat unsere Zivilisation diese Lebensweise von Grund auf verändert: durch den von unserem CO_2-Ausstoß verursachten Klimawandel, durch die Erschöpfung der Böden, die Rodung der Wälder, den Abbau von Mineralien, Überfischung, industrielle Viehzucht. Die Archäologen untersuchen heute die Lebensweise der Ureinwohner, um zu zeigen, dass es möglich ist, im Einklang mit der Natur zu leben, ohne sie zu zerstören und zu vergiften.

Übrigens:

Die erste Besiedlung Amazoniens fand vor 11 000 Jahren statt. In einer Höhle im Norden Brasiliens wurden Steinwerkzeuge und Pfeilspitzen, aber auch Wandmalereien in Form von Handabdrücken aus dieser Epoche gefunden. Die Jäger und Sammler jener Zeit waren sogenannte Paläoamerikaner, die ersten Menschen, die Amerika erreicht haben.

VM.

14. Grand Canyon, USA

Zeugnisse von der Entstehung des Lebens

Dieser Canyon, eine tiefe Schlucht, erzählt die Geschichte unserer Erde. In dieser Landschaft, die der Colorado River gestaltet hat, als er sich hier in die Tiefe grub, liegen Gesteine zutage, die über eine sehr lange Zeit entstanden sind. Begeben wir uns also in den Canyon und lassen die Zeit an uns vorüberziehen!
Die Steilhänge sind 1300 m hoch, und ganz unten, neben dem Fluss, finden wir die älteste Gesteinsschicht. Sie ist 1,7 Milliarden Jahre alt. Ein unglaubliches, kaum vorstellbares Alter. Stellen wir uns vor, die Erde gäbe es statt seit 6,8 Milliarden Jahren erst seit einem Jahr! Auf diesem Maßstab von einem Jahr wäre das Leben auf der Erde erst 2 Monate alt, und der Mensch würde erst seit 15 Minuten leben. Nicht sehr lange im Verhältnis zum Alter der Erde. Und du hättest seit deiner Geburt weniger als eine Sekunde in dieser Zeit gelebt. Die ältesten Gesteine des Grand Canyon, die von ganz unten, wären dagegen immerhin schon 3 Monate alt.

Wenn du vom Boden des Canyons bis zur Hochfläche kletterst, kannst du die Entstehungsgeschichte des Canyons verfolgen. Ganz unten befinden sich die ältesten Gesteine. Zur Zeit ihrer Entstehung standen hier vom Meer umgebene Vulkane. Die Vulkane wurden dann von Wind und Wasser abgetragen, und es entstand ein fast ebener Kontinent. Später bedeckte dann wieder Wasser den alten Kontinent. In diesem Meer entstanden damals die ersten lebenden Organismen. Spuren von ihnen finden sich im Canyon. Sie haben einen seltsamen Namen: Stromatolithen. Diese kugelförmigen Steine verdanken ihre Entstehung Bakterien. Sie treten in Gruppen auf und sammeln sich am Boden der Ozeane. Diese Stromatolithen sind immerhin 67 Tage unseres Jahres alt. Um sie zu erreichen, mussten wir schon ordentlich die Wand des Canyons hinaufklettern, mehr als ein Drittel ihrer Höhe.

Das Meer blieb für lange Zeit, und nach einigen Tagen des Lebens auf der Erde erschienen auch die ersten Tiere, die Fossilien hinterlassen haben. Es wurden nämlich Fossilien einfacher Tiere, der Trilobiten, ausgegraben. 24 Tage lang bedeckte das Meer diese Landschaft; dann zog es sich zurück, und die Felsen wuchsen.
Bald erreichen wir das Ende der Schlucht. In unserer Einjahreszeitrechnung ist es erst 3 Tage her, dass die tektonischen Platten, auf denen sich der Grand Canyon befindet, ihre heutige Position erreicht haben. Durch die Kraft, mit der sie gegeneinander drückten, entstanden Gebirge, und die gesamte Hochfläche von Colorado wurde angehoben. Obwohl die Erosion unterdessen den Fels abtrug, so dass der in den letzten 14 Tagen der Lebenszeit des Canyons entstandene Fels schon wieder verschwunden ist. Auch der Fels oben über dem Canyon ist also alt. Erst nach dieser ganzen Geschichte der Gesteine begann der Colorado River, sich in die Tiefe zu graben. Er brauchte nur einen halben Tag unseres Jahrs, um den Canyon zu schaffen, das heißt 6 Millionen Jahre. Nicht sehr lange im Verhältnis zum Alter der Erde, für uns aber schon eine ganze Menge!

Und noch etwas:

Schon vor 11 000 Jahren sind Nomaden durch die Gegend des Grand Canyon gezogen. Sie jagten die Tiere, die es hier damals gab, darunter das Riesenfaultier, das so groß war wie ein Bär. Vielleicht waren sie es, die es ausgerottet haben. Später haben sich hier Angehörige der Pueblo-Kultur niedergelassen. Sie benutzten Felshöhlen als Speisekammern; in manchen wurden die Reste von Keramikgeschirr und Körben gefunden. Sie scheinen auch mit dem Ackerbau begonnen zu haben. Die Archäologen haben hier 1100 Jahre alten Maispollen gefunden. Zu dieser Kultur gehörten verschiedene Indianerstämme. Die Walapai und die Havasupai scheinen als erste um den Grand Canyon herum gesiedelt zu haben. Ihnen folgten andere wie die Paiute und die Hopi. Heute leben sieben Indianerstämme in Reservaten rund um den Canyon, die die Regierung der Vereinigten Staaten ihnen zugewiesen hat.

15. Giant’s Causeway, Nordirland

Eine Treppe aus Lavablöcken

Der Giant’s Causeway, der Damm der Riesen, bietet den Anblick einer langen Straße aus steinernen Säulen. Viele Sagen ranken sich um ihn. So soll, erzählen sich die Iren, der Riese Finn Mac Cumhaill diese Straße erbaut haben, um zu seiner Geliebten Staffa in Schottland zu gelangen. Einer anderen Geschichte zufolge habe der Riese den Damm erbaut, um gegen einen schottischen Riesen zu kämpfen. Auf der anderen Seite des Meeres, in Schottland, gibt es ganz ähnliche Steinsäulen. Was du auf beiden Seiten siehst, so heißt es, seien nur die Reste des Damms. Du möchtest wirklich beinahe glauben, dass Riesen diese exakt behauenen Säulen gesetzt haben. So passgenau stehen sie nebeneinander. Aber die beste Handwerkerin ist eben die Natur!

Die Geschichte dieser Säulen ist eng damit verbunden, wie die Landschaft hier entstanden ist. Ganz Irland ist mit Verwerfungen übersät, die im Laufe der Zeit viel Unruhe ausgelöst haben. Durch diese Bewegungen erhitzte sich das Gestein unter dem Erdboden. Es entstand Magma. Dort, wo heute der Giant’s Causeway ist, ermöglichten es Risse im Gestein, dass das Magma einen Weg ins Freie fand. Auf seinem Weg entstanden verschiedene sogenannte Kamine, die dann explodierten. Es gab in der Gegend viele solcher Eruptionen, doch eine war besonders stark. Eine große Menge Lava hatte sich angesammelt und drängte durch eine Erdspalte ins Freie und breitete sich dort aus. Die Lavaschicht war so mächtig, dass sie alle Flüsse und Seen der Umgebung überdeckte. Das verdrängte Wasser ergoss sich oben über das Magma und trug dazu bei, dass es sich schnell abkühlte. Dadurch zog sich die Lava zusammen und bildete Risse an ihrer Oberfläche. Und diese Risse nahmen eine besondere Form an: Sechsecke. Sobald die Risse sich geweitet hatten, zerbrach das Gestein in lange Säulen.

Als sich dann das Innere der Lavaschicht abkühlte, zog sich auch dort das Gestein zusammen. Die neuen Risse breiteten sich auch horizontal aus und teilten die Säulen in mehrere übereinanderliegende Schichten. Als alles kühl und ausgehärtet war, waren aus dem Lavastrom mehr als 40 000 Säulen in mehreren übereinanderliegenden Schichten geworden.
Im Laufe der Zeit bedeckten weitere Vulkanausbrüche und neue Gesteine den Giant’s Causeway. Doch dieser erwies sich als beständiger gegen die Kräfte der Erosion. Als die anderen Gesteine vom Wasser abgetragen waren, kam der Giant’s Causeway wieder ans Licht.

Übrigens:

Im Norden Irlands leben seit 9000 Jahren Menschen. Vor allem das Bronzezeitalter hat hier Spuren hinterlassen, also die Zeit, in der bronzene Waffen und Werkzeuge häufig die steinernen ersetzten. Die Archäologen gehen davon aus, dass die Menschen hier bereits vor 4500 Jahren Kupfer und Zinn im richtigen Verhältnis zu mischen und zu schmelzen verstanden.

16. Schwarzwald, Deutschland

Die Hälfte eines zerrissenen Gebirges

Vom Gipfel des Feldbergs im Südschwarzwald kannst du bei klarem Wetter über die weite Oberrheinebene hinüber auf das Schwestergebirge, die Vogesen in Frankreich, hinüberblicken. Schwarzwald und Vogesen gleichen sich in vielerlei Hinsicht: geologisch, was ihre Gesteine und ihre Form als Gebirge anbetrifft, und klimatisch. Kein Wunder, denn beide Gebirge waren einmal eins. Aber das ist eine längere Geschichte.

Das Gestein, das im Hochschwarzwald zutage tritt, ist sehr hart: Granit oder Gneis. Hartes Gestein ist sehr altes Gestein, das durch den Druck darüber lagernder Gesteinsschichten verdichtet worden ist. In der Tat ist der Schwarzwald ein Stück vom Sockel eines Hochgebirges, das einmal große Teile des heutigen Europa bedeckte. Die oberen Schichten dieses Gebirges bestanden im Gebiet des Schwarzwalds aus Buntsandstein, der in den hohen Lagen durch Erosion verschwunden ist, aber dort, wo sich das Gebirge nach Osten und Norden zu abflacht, die Oberfläche bildet. Ähnlich sieht es bei den Vogesen auf der anderen Seite der Rheinebene aus, nur seitenverkehrt: Während der Schwarzwald wie die Vogesen steil zur Rheinebene abfallen, senkt sich der Schwarzwald sanft nach Osten zu ab, die Vogesen aber nach Westen.
Zu der dramatischen Trennung der Gebirgsgeschwister ist es vor vielleicht 50 oder 40 Millionen Jahren gekommen, als von Westen wie von Osten her große Zugkräfte auf das Gebirge wirkten, das damals noch eins war, bis es in der Mitte zerriss. Der Riss war der Oberrheingraben, der sich rasch mit Material füllte, das von den Bergen zur Rechten und zur Linken hinabgespült wurde. Gleichzeitig wurden die Seiten des Grabens noch einmal nach oben gedrängt: Sie wurden zu den Gipfeln von Schwarzwald und Vogesen. Und der Untergrund, der fast bis zum feurigen Erdinneren aufgerissen war, blieb unruhig. Von den zahlreichen Vulkanschloten, die es gab, hat sich der Kaiserstuhl am besten erhalten, der sich mitten in der platten Rheinebene erhebt, nicht weit von den höchsten Erhebungen des Schwarzwalds und der Vogesen.

Auf den vulkanischen Böden des Kaiserstuhls gedeihen gute Weine – aber sie wachsen auch in dem Sandsteingebiet der Hügel vor dem eigentlichen Anstieg. Weiter oben auf dem Berg wird vor allem Viehwirtschaft betrieben.

Übrigens:

Der Name Schwarzwald stammt von den Römern, die den dichten Wald an der Grenze ihres Reichs offenbar einfach nur finster fanden. Gerodet wurde im »schwarzen Wald« – zunächst ein Mischwald aus Tannen und Laubbäumen – erst im Mittelalter, als die Bauern neues Weideland suchten. Richtig abgeholzt wurde aber in der Neuzeit, als die Holländer, im 17. Jahrhundert zeitweilig die erste Seemacht der Welt, gut für die Baumstämme zahlten, die die Schwarzwaldflüsse und dann den Rhein hinab geflößt wurden. Bald war der Wald weitgehend kahl, mit der Folge bedrohlicher Erdrutsche und Überschwemmungen. Im 19. Jahrhundert wurde er dann mit schnellwachsenden Fichten-Monokulturen wieder aufgeforstet, die heute allmählich durch gesünderen Mischwald ersetzt werden.

17. Großes Barrier-Riff, Australien

Ein Gebirge, das zum unterseeischen Dschungel wurde

Nicht weit von der australischen Ostküste erstreckt sich unter der Wasseroberfläche ein riesiges Korallenriff, das größte der Welt. Es nimmt ungefähr 344 000 km² ein. Du könntest meinen, es handle sich hier einfach um Felsen. Weit gefehlt. Das Korallenriff ist ein riesiger und komplexer lebendiger Organismus, der sich hier seit 15 000 Jahren entwickelt hat. Korallen gehören zum Tierreich, auch wenn sie sich nicht fortbewegen können und winzig sind. Die Einzelwesen, die Polypen, bilden Kolonien, in denen sie mit winzigen Algen zusammenleben, den Zooxanthellen. Die Algen sorgen für Sauerstoff und Energie, während die Polypen sie schützen und mit Kohlendioxid (CO_2) versorgen. Das wird auch die »Symbiose« zweier Organismen genannt.

Das tropische Korallenriff besteht aus Korallen, die nur bei Wassertemperaturen um die 20 °C überleben können und Sonnenlicht zum Überleben brauchen. Die Zone, in der sich das Korallenmeer befindet, ist noch nicht der tiefe Ozean, sondern geologisch Teil des Kontinents bzw. des »Kontinentalschelfs«. Dazu gehören auch unterseeische Gebirge. Deren Gipfel sind näher an der Wasseroberfläche, was es den Korallen erlaubt hat, sich vor 15 000 Jahren hier anzusiedeln. Zunächst heftet sich die Larve des Polypen an den Fels. Dann beginnt sie Kalk abzusondern, der hart wird und in wenigen Tagen sein Skelett bildet. Zu diesem Zeitpunkt ist die Koralle erst ameisengroß, doch die Larve vermehrt sich durch Teilung und bildet eine Kolonie. Nach 5 Jahren etwa ist die Kolonie größer als 5 cm, hat also die Größe von ein paar Zuckerwürfeln. Die Koralle wird nun erwachsen und kann sich geschlechtlich fortpflanzen. Wenn die Korallen sterben, bleiben ihre Skelette erhalten und haften aneinander. Daraus wird endlich fester Stein, das Korallenriff. Und jedes Mal siedeln sich neue Korallen oben auf dem Riff an und sterben ihrerseits. Mit der Zeit werden diese Schichten immer mächtiger, und das Riff wächst. Jetzt wird von einer Barriere entlang der Küste gesprochen, die sich zwischen der Kontinentalplatte und der Ozeanischen Platte erhebt.

Das Große Barrier-Riff besteht aus 3000 einzelnen Riffen. Es ist so groß, dass du es sogar auf Satellitenbildern erkennen kannst. Die Korallenkolonie kann Jahrzehnte und sogar Jahrhunderte überleben, solange sie ungestört bleibt. Es gibt verschiedene Typen von Korallen, und alle reagieren sie unterschiedlich auf Umweltveränderungen. Korallen leben in den unterschiedlichsten Formen zusammen: Sie bilden Äste oder Kugeln, andere ähneln großen Blättern. Alle diese Formen sind Rückzugsorte für zahlreiche andere Tiere: Bakterien, Fische, Krebse, aber auch Quallen, Haie und sogar Schildkröten. Die Lebensvielfalt eines Korallenriffs ist unglaublich. Am Großen Barrier-Riff haben Wissenschaftler 1600 Fisch- und 450 Korallenarten gezählt. Leider ist dieser Reichtum stark bedroht. Korallen sind sehr empfindlich gegen Veränderungen des Meerwassers. Wenn die Temperatur oder der Säuregehalt des Wassers steigt oder wenn die Strömungsverhältnisse sich ändern, leiden diese Tiere. Wenn das Wasser sich in der Hitzeperiode mehrere Wochen lang um mehr als 1 oder 2 °C erwärmt, wie es wegen des vor allem vom Menschen gemachten Klimawandels immer häufiger geschieht, sterben die Algen ab, mit denen die Korallen in Symbiose leben. Ohne sie verlieren die Korallen ihre Farbe. Das wird Korallenbleiche genannt, denn da die Polypen selbst durchsichtig sind, wird dadurch das weiße Kalkskelett sichtbar. Wenn die Verhältnisse sich dann nicht bessern, sterben die Korallen in wenigen Wochen ab. Heute verbreitet sich die Korallenbleiche überall auf der Welt. Das einzige Mittel, diese reichen Ökosysteme zu retten, ist es, den CO_2-Ausstoß deutlich zu verringern.

Und noch etwas:

Schon vor 40 000 Jahren lebten in Australien Menschen. Sie waren die Ahnen der heutigen sogenannten Aborigines, die sich selbst Aboriginals nennen. Einige dieser Menschengruppen lebten in der Nachbarschaft des Großen Barrier-Riffs. Manche der Mythen dieser Menschen, die über viele Generationen weitergegeben worden sind, erzählen von seiner Vergangenheit. Eine solche Erzählung berichtet von der alten Küstenlinie dort, wo sich jetzt das Riff befindet, und von den Wäldern, die im Meer untergegangen sind. Das erinnert an die Landschaft, wie sie vor 10 000 Jahren ausgesehen haben muss. Für die Aborigines haben Tiere und bestimmte Orte eine große Bedeutung. Sie respektieren sie und schützen sie.

18. Bucht von Ha Long, Vietnam

Das Meer der zernagten Felsen

Aus dem smaragdgrünen Meer erheben sich überall riesige Felsblöcke. Diese vielleicht 1600 Inseln und Inselchen, zumeist unbewohnte Kalkfelsen, sind in der Bucht von Ha Long verstreut. Es heißt, eine Familie von Drachen habe die Felsen aus dem Wasser aufsteigen lassen, um einen Kaiser zu schützen. Andere sagen, ein Drache habe vor Wut die Felsen zerbrochen und nur ihre Trümmer übriggelassen. Der Name Ha Long bedeutet übrigens »untertauchender Drache«. Hinter diesen Legenden verbirgt sich eine lange Geschichte.

Vor 20 Millionen Jahren war die Gegend eine große Ebene. Das Meer, dessen Wasserspiegel ein Stück niedriger war als heute, war noch weit entfernt. Heftige Regenfälle, die auf dieses Gebiet niedergingen, schufen Flusstäler und eine Art Löcher, die »Dolinen« genannt werden. Mit der Zeit wurden diese Löcher größer, gingen ineinander über und umgaben Teile des Gesteins, die nicht erodiert waren. Daraus ergab sich eine Landschaft von steilen größeren und kleineren Hügeln. Am Anfang standen sie nahe beieinander und bildeten Gruppen. Und noch immer nagte das Wasser an ihnen und ließ sie weiter schrumpfen. Einige nahmen die Form von Menhiren, von »Hinkelsteinen«, an und bildeten Gruppen, die auf Chinesisch *fengcong* heißen. Andere, die noch dünner waren, erinnerten an gerade Pfosten. Auf Chinesisch heißen sie *fenglin*. Am Fuß der Hügel grub das Wasser zahlreiche Höhlen in den Fels.
Sehr viel später stieg der Meeresspiegel, etwa in der Zeit von 16 000 bis 5000 v. Chr. Das Wasser bedeckte nun die alte Ebene. Die Hügel aber mit ihren Menhiren und rechteckigen Felsen badeten mit den Füßen im Wasser. Sie waren zu Felseilanden geworden und nun durch das Wasser der Bucht von Ha Long vom Festland getrennt. An ihren Füßen nagt beständig das Wasser, und manche sind vollkommen durchlöchert. Die Vietnamesen haben einigen der Felsen, die charakteristische Formen aufweisen, Namen gegeben: »Die zwei Kampfhähne«, »der Hundefelsen« oder auch »Vong, der alte alte Fischer«. Ein Fels erinnert an eine aufgerichtete Schildkröte. Die größeren abgerundeten Inseln heißen »Zuckerhüte«.

Die Höhlen, die das Wasser geschaffen hat, sind oft riesig und zeigen prächtige Formen. Eine davon haben die Franzosen »Grotte der Wunder« getauft; ihr vietnamesischer Name bedeutet allerdings eher »Waldbeere«.
Die meisten Felseninseln bieten zahlreichen Tieren und Pflanzen Unterschlupf, auch solchen, die es nirgendwo anders gibt. Auf der größten Insel, Cat-Ba, lebt eine vom Aussterben bedrohte Affenart, der Weißkopflangur. Das ist ein bemerkenswertes Tier, mit seinem langen Schwanz und einem Gesicht, das wie eine Maske aussieht. Es frisst vor allem Pflanzen und kann problemlos Substanzen verdauen, die für andere Tiere hochgiftig sind. Zwischen 1970 und 2000 sind etwa 600 dieser Languren der Jagd durch Menschen zum Opfer gefallen. Heute leben auf der Insel nur noch 65 Individuen. Glücklicherweise stehen sie inzwischen unter Schutz.

Und noch etwas:

In den Höhlen der Insel Cat-Ba wurden Reste der Schalen von Meeresweichtieren und Steinwerkzeuge gefunden, Zeugen früher Besiedlung. Die Menschen haben sich hier schrittweise an die Umwelt angepasst. Die Archäologen unterscheiden drei Kulturen: Die ersten Menschen, die vor 25 000 Jahren hier ankamen, aßen Muscheln und Schnecken und nutzten den Reichtum des Meeres. Sie müssen sich bereits an die Meeresumgebung gewöhnt haben, doch Werkzeuge dieser Gruppe wurden kaum gefunden. Später, zwischen 4000 und 3000 v. Chr. entstand die Cái-Bèo-Kultur, die nach einem Ort benannt ist, an dem von Menschenhand zurechtgehauene Steine gefunden wurden. Die dritte Phase ist die der Ha-Long-Kultur, die genauso alt ist, wie das Zeitalter der Pharaonen, also in die Zeit zwischen 2500 und 1500 v. Chr. fällt. Dieses Mal haben wir es eher mit Ackerbauern zu tun. Damals kamen sowohl die Axt als auch die Dechsel – ein Werkzeug zum Glätten von Holz – auf. Diese Menschen haben einige der Inseln kultiviert und sind vermutlich die Ahnen der heutigen Bewohner der Gegend. Sie haben Keramik, Steinwerkzeuge und viele andere Gegenstände hinterlassen. Die Archäologen können sich den Übergang von einer Kultur zur anderen nur dadurch erklären, dass die Menschen mit anderen Menschengruppen in Kontakt standen und mit ihnen ihr Wissen austauschten.

VM.

19. Baikalsee, Russland

Der größte See der Welt

Der Baikalsee, die Perle Sibiriens, ist der wasserreichste und tiefste Süßwassersee unserer Erde. Wasser hat sich hier gesammelt seit seiner Entstehung vor etwa 25 Millionen Jahren. Der Baikalsee stellt die Geologen vor mancherlei Rätsel: In dieser Erdregion bewegen sich mehrere tektonische Platten gleichzeitig, und ihre Bewegungen haben Erdspalten aufgerissen. Diese Spalten haben sich in mehreren Stufen vergrößert; schließlich hat sich das eine Ufer vom anderen entfernt, und ein Grabenbruch dazwischen aufgetan. Alles Wasser der Flüsse in der Umgebung stürzte nun in das so entstandene Loch. So entstand dieser gewaltige See mit einem Rauminhalt von 23 000 km² und einer Tiefe von 1642 m. Diese Wassermenge würde ausreichen, um den Wasserbedarf der Weltbevölkerung für die nächsten 40 Jahre zu decken. Experten schätzen, dass das Wasser des Sees 400 Jahre braucht, bevor es sich komplett erneuert.

Der Grabenbruch verändert noch immer fortwährend den Boden des Sees. Seit seiner Entstehung ist er größer und um etwa 500 m tiefer geworden. Das Wasser ist so klar und durchsichtig, dass du bis in 40 m Tiefe sehen kannst, das ist so weit, wie zwei Autobusse lang sind.

Der Baikalsee ist ein ganz eigenes Ökosystem. Schätzungsweise 1000 endemische Arten leben hier, unter anderem die Nerpa, die einzige Süßwasserrobbe, die es gibt. Die Naturkundler fragen sich, woher sie kommt. Stammt sie von Tieren ab, die schon seit Jahrtausenden im See leben? Oder ist sie vom Meer aus die Flüsse hinaufgeschwommen? Ein Rätsel. Der Bestand wird zur Zeit auf etwa 70 000 Individuen geschätzt.

Heute leidet der See unter der Anwesenheit der Menschen. Fabriken und am Seeufer entstandene Städte verschmutzen mit ihren Abwässern die Umwelt. Doch die Bevölkerung beginnt, sich ihrer Verantwortung gegenüber der Natur bewusst zu werden. Hoffentlich gelingt es, diese wunderbare Landschaft zu erhalten.

Übrigens:

Es ist nicht sicher, ob der Name Baikal aus dem Türkischen kommt (wo er »reicher See« bedeuten würde) oder aus dem Mongolischen (mit der Bedeutung »reiches Feuer«). Denn ebenso, wie sich am Baikal tektonische Platten treffen, so stoßen hier seit je auch zahlreiche Völkerschaften aufeinander: Hunnen, Russen, Mongolen und Burjaten (ein mongolisches Volk) sind aufeinander gefolgt und haben sich an den Ufern des Sees vermischt. Schon früh haben sich Menschen hier niedergelassen Die Menschen der Kitoi-Gruppe sind schon vor etwa 5000 Jahren angekommen. Sie waren nomadische Jäger, die aber inzwischen verschwunden sind; einige Experten vermuten, sie seien wegen eines Klimawechsels weiter in den Nordosten Sibiriens gezogen. Vor etwa 3000 Jahren ließen sich dann die Angehörigen der Cis-Baikal-Kultur hier nieder, von der sich Keramik und Einzelgräber erhalten haben. Diese Menschen lebten lange Zeit am See und gehören möglicherweise zu den Ahnen der heutigen Bevölkerung.

20. Ayers Rock, Australien

Ein Inselberg in der Wüste

Australien besitzt die ältesten Gesteine der Erde. Der Uluru oder Ayers Rock, wie die Briten ihn genannt haben, belegt dies. Dieser einsam sich über der Wüste erhebende rote Block ist ein sogenannter Inselberg. Diese Bezeichnung verdankt er seiner Entstehungsgeschichte. Der Uluru war einmal nur ein Teil von einer weit größeren Gesteinsschicht, die vor 550 Millionen Jahren entstanden ist. Damals gab es in einiger Entfernung in derselben Region Berge, die durch die Wind- und Wassererosion zu Sand zermahlen worden sind. Der Sand häufte sich dort, wo heute der Uluru steht, an und wurde zu einer Sorte von Sandstein zusammengebacken, die Arkose genannt wird. Die Gesteinsschicht hier heißt Mutitjulu.

Später hat das Meer mehrere hundert Millionen Jahre lang diese Landschaft zugedeckt. Sand und die Überreste ausgestorbener Organismen legten sich über die Arkoseschicht auf dem Meeresboden. Als das Meer wieder abfloss, bildeten sich Spalten im Boden und kerbten die Gesteinsschichten ein. So kam es, das einige Formationen höher wurden als die anderen. Ein Teil der Mutitjulu-Schicht ist dabei inmitten ganz andersartiger Gesteine vor 65 Millionen Jahren ans Licht getreten, zur Zeit des großen Dinosauriersterbens. Mit der Zeit hat die Erosion die übrigen Felsen beseitigt und die Arkose freigelegt. Was davon übriggeblieben ist, ist der Uluru.

Der Uluru ist 348 m hoch, das ist nicht höher als ein mittlerer Wolkenkratzer, doch da die Landschaft ringsumher völlig flach ist, überragt er alles. Deshalb wird er auch als Inselberg bezeichnet. Unter dem Uluru wurde bis in 3 km Tiefe dasselbe Gestein gefunden. Wir können also nur einen Bruchteil des Bergs sehen.

Die Arkose enthält verschiedene Eisenerze. Beim Kontakt mit Wasser und Luft wird das zunächst grau-schwarze Eisen dunkelrot. Daher hat der Berg seine rote Farbe, die besonders bei Sonnenuntergang leuchtet.

Etwas weiter entfernt erhebt sich eine Berggruppe, die eine ähnliche Vergangenheit hat: die Kata Tjuta. Allerdings bestehen diese Berge nicht aus demselben Gestein; an dieser Stelle war es nämlich Kiessand, der sich angehäuft hatte. Die Kata-Tjuta-Berge leisten der Erosion mehr Widerstand als der Uluru. Der zerbröselt recht schnell unter dem Einfluss von Wasser und Wind. Dabei entstehen an seinen Flanken tiefe parallellaufende Furchen. Die Einheimischen versichern, dass es gefährlich ist, an diesen Hängen hochzuklettern. Allerdings solltest du den Aufstieg sowieso vermeiden, denn der Uluru ist ein heiliger Ort für die Aborigines.

Übrigens:

Für die Ureinwohner Australiens, die sogenannten Aborigines, die sich selbst Aboriginals nennen, hatten die Schöpfer der Erde die Gestalt von Tieren, Pflanzen und Menschen. Für sie ist der Uluru als ein ganz besonderer Ort erschaffen worden, als ein Ort auf dem Weg, den die Geister gewöhnlich einschlagen. Jedes Jahr versammeln sich die Angehörigen des Volks der Pitjantjatjara zu seinen Ehren an seinem Fuß.

Wissenschaftliche Referenzen

SAHARA

Raymonde Bonnefille, Forschungsdirektorin i. R., Europäisches Zentrum für Forschung und Lehre der Geo- und Umweltwissenschaften, und **Anne-Marie Lézine**, Forschungsdirektorin am CNRS, Université Pierre-et-Marie-Curie

NIAGARAFÄLLE

John Shaw, emeritierter Forscher, University of Alberta, Edmonton

UYUNI-SALZPFANNE

Anne Coudrain, Forschungsdirektorin IRD, UMR Espace-dev, Montpellier

NORDPOL

Frédérique Eynaud, Maître de conférences für Paläoklimatologie, Université de Bordeaux, CNRS UMR 5805

HIMALAYA

Hervé Leloup, Forschungsdirektor für Geologie, und **Gweltaz Mahéo**, Maître de conférences, Geologisches Laboratorium, Lyon, CNRS, UMR 5276, ENS Lyon

TOTES MEER

Fouad Hourani, Direktor des Archäologischen Instituts der Universität von Jordanien, Amman

GEIRANGERFJORD

Atle Nesje, Professor für Erdwissenschaften, Universität Bergen, Norwegen, und **Merete Løvoll Rønneberg**, PR-Verantwortliche der Stiftung Geirangerfjord, Norwegisches Fjordzentrum, Geiranger

KAPPADOKIEN

Damase Mouralis, Maître de conférences, Geographisches Institut, Universität Rouen, CNRS

FUJIYAMA

Yosuke Aoki, Erdbebeninstitut der Universität von Tokio

VERSTEINERTER WALD VON ARIZONA

Sidney Ash, Professor an der University of New Mexico, Albuquerque

CHAUVET-HÖHLE

Anita Quiles, Verantwortliche für Archäometrie, Institut français d'archéologie orientale, Kairo, und Jean-Michel Geneste, Archäologe des Paläolithikums, Direktor der archäologischen Forschung zur Grotte Chauvet, Ministère de la Culture et de la Communication, Les Eyzies-de-Tavac

TSINGY VON BEMARAHA

Veress Márton, Direktor des Instituts für Geographie und Umweltwissenschaften Abteilung physikalische Geographie, Westungarische Universität, Szombathely

AMAZONIEN

Michael J. Heckenberger, Professor am Institut für Anthropologie, University of Florida

GRAND CANYON

Karl Karlstrom, Professor am Institut für Erd- und Planetenwissenschaften, University of New Mexico

GIANT'S CAUSEWAY

Andrew Cooper, Professor für Küstenstudien, Forschungsinstitut für Umweltwissenschaften, University of Ulster

GROSSES BARRIER-RIFF

Mehdi Adjeroud, Forschungsdirektor am Institut für Entwicklungsforschung (IRD), Ozeanologisches Observatorium, Banyuls-sur-Mer

BUCHT VON HA LONG

Nguyen Van Quan, stellvertretender Direktor der Abteilung der Erhaltung der marinen Biodiversität, Institut für marine Ressourcen und Umwelt, Haiphong, und **Tran Duc Thanh**, Professor an der vietnamesischen Akademie der Wissenschaften und Technik, Institut für marine Ressourcen und Umwelt

BAIKALSEE

Theodore G. Schurr, Forscher am Institut für Anthropologie an der University of Pennsylvania

Ein verlagsneues Buch kostet in ganz Deutschland und Österreich jeweils dasselbe. Das liegt an der gesetzlichen Buchpreisbindung, die dafür sorgt, dass die kulturelle Vielfalt erhalten und für die Leser bezahlbar bleibt. Also: Egal ob im Internet, in der Großbuchhandlung, beim lokalen Buchhändler, im Dorf oder in der Stadt – überall bekommen Sie Ihre verlagsneuen Bücher zum selben Preis.

Lektorat: Isabelle Péhourticq unter Mithilfe von Fanny Gauvin
Directeur de création: Kamy Pakdel
Directeur artistique: Guillaume Berga

Dies Buch ist zuerst unter dem Titel *L'incroyable vie des paysages*
auf Französisch erschienen.

Aus dem Französischen von Edmund Jacoby
Druck und Bindung: D.Z.S. Grafik d.o.o.
Printed in Slovenia
ISBN 978-3-946593-51-5
www.jacobystuart.de